RAIMUNDO MATOS DE LEÃO
Ilustrações
WALTER CALDEIRA

BRAÇOABRAÇO

Coleção Jabuti Vida

6ª edição
6ª tiragem
2018
Conforme a nova ortografia

Editora Saraiva

Editor: CLAÚDIA ABELING-SZABO
Assistente editorial: NAIR HITOMI KAYO
Suplemento de trabalho: DILETA A. DELMANTO F. DE MATOS
Coordenação de revisão: LIVIA MARIA GIORGIO
Gerência de arte: NAIR DE MEDEIROS BARBOSA
Diagramação: VAGNER CASTRO DOS SANTOS
Produção gráfica: ROGÉRIO STRELCIUC
Impressão e acabamento: Grafica Bueno Teixeira

Dados Internacionais de Catalogação na Publicação (CIP)

Leão, Raimundo Matos de
Braçoabraço / Raimundo Matos de Leão ; ilustrações Walter Caldeira. — 6. ed. — São Paulo : Saraiva, 2009. — (Jabuti)

ISBN 978-85-02-02788-6
ISBN 978-85-02-02789-3 (professor)

1. Literatura infantojuvenil I. Caldeira, Walter. II. Título. III. Série.

CDD-028.5

Índices para catálogo sistemático:

1. Literatura infantojuvenil 028.5
2. Literatura juvenil 028.5

Editora Saraiva

Rua Henrique Schaumann, 270 — Pinheiros
CEP 05413-010 — São Paulo — SP

SAC
0800-0117875
De 2ª a 6ª, das 8h30 às 19h30
www.editorasaraiva.com.br/contato

200958.006.005

Caminhante, não há caminho; o caminho se faz ao andar.

Antonio Machado

Para Fanny Abramovich, amiga e incentivadora.
Aos meus sobrinhos Messias, Felipe,
Fernanda, Sara e Douglas.

1

A poeira levantou formando um redemoinho. Era fim de verão, e Tonico voltava da escola arrastando seu corpo magro pela rua, que circundava a favela. O funil de pó e fuligem rodopiou por cima dos barracos e despencou mundo afora. Apesar do avançado da hora, o sol ainda castigava. Manchas de suor estampavam a camisa desbotada do garoto, que não via a hora de encontrar sua turma para jogar uma pelada, antes que a noite viesse impossibilitar a brincadeira.

Ajeitando a mochila nas costas, apressou o passo. Diante da curva, que dava para as ruas esburacadas da favela, viu ao longe o recorte dos edifícios no horizonte. Por um momento, afastou a vontade de jogar bola e deu-se conta de outra vontade. "Nunca fui ao centro da cidade. Deve ser legal e bem diferente daqui. A mãe devia me levar um dia, mas ela só promete e depois esquece."

Um assobio tomou o lugar do pensamento. Era Leandro chamando-o para brincar e isso era uma coisa super. Seus amigos frequentavam a mesma escola; a maioria vivia faltando às aulas, mais preocupados em fazer uns biscates. Leandro era um deles. Nas muitas conversas que tivera com Tonico, insistia para que ele largasse o estudo e fosse pelo bairro, aventurando-se. Dava para ganhar uns trocados, insistia ele.

Tonico resistia. Seja pelo fato de gostar da professora, seja pela merenda que recebia, não conseguia largar a escola. É certo que faltava, quando dava preguiça, quando tinha uma brincadeira desviando o seu caminho ou quando era inverno, e o frio era tanto que preferia ficar em casa enrolado em jornais e no velho cobertor

cinzento. Quando isso acontecia, a mãe não tomava conhecimento. Até reclamava desse luxo de ir à escola em vez de ganhar uma grana vendendo bala nos faróis.

Não fosse pela professora, preocupada em incentivar Tonico, o menino terminaria por deixar os estudos. Professora Solange assumira para si a responsabilidade de olhar com mais atenção aquele menino magro, olhos grandes sonhadores, sentado na primeira carteira a olhá-la encantado desde a primeira vez que a vira. Com o passar do tempo, mesmo percebendo o quanto ele estava atrasado em relação à idade, viu que Tonico era inteligente. Essa qualidade despertou nela a vontade de incentivar o garoto a conquistar seu espaço, querer aprender.

Dividira sua preocupação com as colegas de turno e recebera o maior apoio de Magali e Conceição. De Cândida, professora de Artes, obteve o compromisso de incentivar o menino a se descobrir através das atividades artísticas. Isso contribuiu sensivelmente para o processo de aprendizagem do garoto. Às vezes, quando a sobrecarga do trabalho era grande e o desânimo abatia as professoras, atrapalhadas em conciliar os magros salários com as aspirações de uma vida melhor, lá vinha Antônio Viana com uma surpresa para reanimá-las.

Coberto de suor e aos gritos, driblando uma bola na tentativa de marcar um gol, exercitava seus poucos músculos no futebol. Aproximando-se da área, mirando com firmeza a trave torta, chutou para vencer a resistência do goleiro. Ao vencer seu último obstáculo, viu seu tento evaporar-se. As pernas foram desequilibradas, levando-o ao chão. Num golpe sujo, Palito botou por terra a possibilidade de o time de Tonico vencer a partida. Gemendo de dor, o menino ainda teve forças para enfrentar o agressor, mas a turma do "deixa disso" despejou um balde de água fria. A briga terminou em nada. Enquanto discutiam aos berros quem tinha razão e quem jogara melhor, Tonico procurava apaziguar a frustração. Tinha tudo para fazer aquele gol!

Quando o grupo se desfez, ele tomou o rumo de casa. O esforço empreendido abriu um buraco na barriga. A fome aumentou, e a certeza da pouca comida fez o menino pensar no lanche da escola. Antes de entrar no barraco, Tonico olhou a rua tortuosa com suas casas de madeira gasta, algumas de tijolos sem reboco, tudo muito feio, desajeitado, espremido. A luz fraca vinda de um poste tornava o ambiente fantasmagórico. No boteco, um rádio estridente misturava-se à conversa dos homens, alguns desocupados, outros retornando do trabalho. O cheiro da gordura fritando linguiça aumentou a fome de Tonico e ele entrou no pequeno cômodo.

Na cozinha, sua irmã mais velha mexia alguma coisa, que veio saber depois ser o jantar: feijão e polenta. Tudo sobra do almoço, dissera ela. Perguntou pela mãe e não recebeu resposta. Foi para os fundos disposto a tomar um banho. No puxado que servia de banheiro, ele olhou o céu estrelado. Quanto mais olhava, mais tinha vontade de se perder no meio daquela cintilação longínqua. Encheu o balde e derramou a água sobre o corpo franzino, achando delicioso o líquido correr sobre a pele. Ouviu a voz da mãe quando pegou o trapo para se enxugar.

Os pratos foram empurrados pela mãe e cada um tratou de encher a barriga com a parca porção, procurando fazer render cada migalha. Comeram em silêncio. Tonico reparou que eles não conversavam fazia um tempão. Era como se a mãe estivesse trancada, não respondendo a nada. Ele não imaginava o que se passava no íntimo dela, tão distante. Só ouvia reclamações sobre a dureza da vida. Nem se preocupava em saber se ele estava indo à escola. Ele, de olhos compridos, esperava atenção.

Assim que terminaram de comer, mãe e filha foram para a cozinha, e ele não teve vontade de fazer mais nada. Jogou-se na cama e fechou os olhos procurando reter o brilho das estrelas. Adormeceu ouvindo o cochichar das mulheres.

2

*T*onico vinha sentindo um aperto no coração. Não conseguia saber o que era. Desde que a mãe deixara de se preocupar com ele e a irmã passara a olhá-lo de um jeito estranho, aquele aperto vinha se intrometendo no meio das suas brincadeiras e entre as lições da escola.

Na aula de Artes, procurava se entreter com as tintas e esquecia suas perguntas, voltando a ser o Tonico de sempre. Nas outras aulas, mostrava-se distante e nem as histórias contadas pela professora Solange mudavam seu humor.

Durante um recreio, ela se aproximou. Ele quis fugir. Ela já havia percebido o jeito esquivo do aluno e, preocupada com o estranho comportamento, procurou conversa.

Tonico gostava dela, mas se viu travado, sem conseguir soltar a língua. A professora conduziu a conversa com um jeito especial, que só ela sabia, assim de mansinho, como se não estivesse querendo saber muito. Mas de nada adiantou o seu modo de chegar. Ficaram ali, debaixo da árvore no pátio da escola. Ele, de olhos baixos fazendo rabiscos na areia; ela, falando e sorrindo, buscando, dando-lhe confiança. O pátio na maior algazarra e ele naquele silêncio tão grande. Ao olhar para a professora, conseguiu dizer a única coisa que lhe veio a cabeça:

— Professora, você tem medo de ficar sozinha?

Os olhos verdes da professora Solange fixaram-se nos dele com tal intensidade, que ele baixou as pálpebras. Ficou esperando a resposta da pergunta que ficara entre eles. Criou coragem e olhou novamente para ela.

— Ficar sozinho não é da condição humana, Tonico. Dá pra entender?

Diante da incompreensão no rosto do menino, a professora percebeu que iniciara a resposta de um jeito complicado. Procurou traduzir o que sentia:

— Os seres humanos, homens e mulheres, não nasceram para ficar sozinhos, Tonico, embora tenha muita gente só e sofrendo por isso. Às vezes, eu sinto medo da solidão, mas em algumas horas é bom ficar sozinha. É quando eu converso com meus botões e penso na vida e nos passos que vou dar.

— Eu não quero ficar sozinho.

— Mas quem disse que você vai ficar só? Você tem sua família, seus amigos... Hoje você está assim, mas amanhã é outro dia. Você está indo bem na escola, está resolvendo as suas dificuldades e tem o mundo para conquistar... Vá brincar com seus colegas, vá.

Ele insistiu em ficar sentado embaixo da árvore. Naquela tarde, não estava querendo brincar, mas prometeu pensar nas palavras dela. Ao se afastar, a professora Solange prometeu continuar aquela conversa outro dia. Ele ficou balançando as pernas. Já se sentia melhor quando ela acenou ao entrar na sala dos professores.

O resto da tarde correu no compasso de espera, já que Leandro convidara-o para ir com a turma até o Parque Ecológico tomar banho na piscina do conjunto esportivo. A aventura prometida acabou por espalhar ao vento as preocupações de Tonico. Quando as aulas terminaram, saiu da sala aos pulos para encontrar os amigos.

No portão da escola, ficaram reunidos esperando Antenor, que se atrasara por causa de uma conversa com a diretora da escola. Era ele quem havia preparado o plano para driblar o segurança e conseguir entrar no Parque. Torciam para que a conversa não demorasse e que o amigo guiasse todos naquela aventura. Sem ele, não se arriscariam. Assim que Antenor apontou no corredor, deram um berro uníssono, que fez o porteiro balançar a cabeça, dizendo para si mesmo: — Esses meninos vão aprontar alguma!

O sol descambava no horizonte, quando mergulharam na piscina. Uma festa, pela água e sobretudo por estar ali burlando a vigilância do Parque, o que tornava a aventura ainda mais gostosa. Despreocupados, destemidos, nadavam para lá e para cá, provocando aqueles que não sabiam e que por isso ficavam na parte mais rasa da piscina. Marcelinho, tido como um carinha malvado, não negava a fama, dando caldo nos menores, pondo em risco a vida de alguns. Antenor, sentindo-se responsável pelo grupo, tentava de todas as formas segurar a barra, procurando evitar que Marcelinho agisse com violência. O momento era de curtição, dizia ele.

Tonico gostava de Antenor. Dos mais velhos, era o que mais se aproximava dos pequenos. Não deixava que fossem maltratados. Não que Antenor fosse um santo, mas ele tinha um jeito de levar a molecada, de se defender das mutretas, das cobranças dos pais, que viviam acusando-o de passar maconha, de não explicar onde conseguia aquelas roupas descoladas. Tonico não julgava o amigo e, até aquele dia, não tinha presenciado roda de fumo, nem outra transa que confirmasse as acusações que pairavam sobre ele. Antenor sabia se cuidar.

O estigma de pequeno bandido ficara colado em Antenor. Às vezes, Tonico via os maiores em torno dele numa atitude suspeita, com uma conversa cifrada, cheia de gíria, mas sentia firmeza quando ele propunha aventuras como aquela que estavam vivendo no fim do dia.

Quando a noite chegou, resolveram que era hora de voltar para casa. Saíram por onde entraram, não esquecendo de camuflar o buraco no alambrado, garantia de outros banhos. Tomaram o rumo certo, rindo e falando besteiras. Nessas horas, Tonico ficava sabendo de muita coisa. Coisas que não eram ensinadas na escola, coisas passadas no centro da cidade, que para ele parecia distante e inacessível. Os maiores falavam de sexo, namoradas, bailes, num linguajar peculiar, cheio de frases desconexas, permeadas de expressões incompreensíveis para quem não fosse da turma.

Foram se despedindo ao longo do percurso, e quando Tonico empurrou a porta do barraco, tudo estava escuro e silencioso. As pernas estremeceram. Era o medo de ficar só. Tateando, conseguiu acender a única luz, que apenas amarelou o ambiente de tão fraca que era. Viu sua mãe jogada na cama. Da irmã, nem a sombra. Olhou o rosto suado da mulher que dormia ressonando alto. Aproximou-se mais um pouco e sentiu o cheiro ardido de suor misturado ao da bebida. O aperto no coração voltou forte e ele foi para a cozinha...

Sentado no caixote, comeu o que encontrou: pão seco.

3

Os dias que se seguiram marcaram a distância cada vez maior entre mãe e filho. Quando o menino criava coragem e falava com a mãe, recebia respostas evasivas; e quando insistia no assunto, ela se afastava. Depois lhe trazia algumas bolachas ou balas, que ele comia suavizando o amargor que se fazia dentro dele. À medida que suas perguntas caíam no vazio, uma sensação estranha se avolumava, ocupando-lhe boa parte dos dias.

A irmã debochava dele ou não respondia, preocupada que estava em se arrumar para os rapazes do boteco. Tonico ficava chateado, não só pelo silêncio, mas por ouvir da turma comentários sobre o comportamento da irmã. De vez em quando, ao passar pelo boteco, um ou outro rapaz lhe oferecia refrigerante. Faziam elogios e diziam gracinhas sobre a irmã. Contava para a mãe, mas ela pouco se importava. Muitas vezes, Tonico percebia o interesse dela em saber os detalhes das conversas no bar. A irmã ria encabulada e terminava segredando coisas para a mãe. Cúmplices, isolavam-se, distanciando-se do menino, que se sentia perdido.

À noite, preocupado, Tonico não conseguia dormir. Acordado, ficava ouvindo os cachorros latirem, os gritos dos bêbados e o barulho dos carros na avenida marginal. Tinha vontade de fugir. De olhos abertos na escuridão arquitetava cada passo da fuga. A quem pediria ajuda? Marcava o dia, a hora, os minutos para ir embora, mas, amedrontado, logo esquecia e pensava nas dificuldades que teria de enfrentar, nos amigos que deixaria para trás, no lanche da escola, nas professoras... "Será que elas vão sentir a minha falta? Sei não...

Acho que sim. Elas gostam de mim, eu gosto de ir pra escola. Gosto da aula de desenho e pintura, do recreio e de Ciências e Geografia. Geografia... aquele mundo de lugares pra onde a gente pode fugir!"

Aí a fuga virava sonho. Sonho de aventurar-se pelo mundo afora, para conhecer terras e gente diferente, como a professora falava. O sono chegava porque a mente se enchia de coisas boas. Boas de querer e de gostar. Assim, Tonico se afastava das dores que o afligiam, das ruas de terra e esgotos fedidos, dos barracos e dos trapos, para lançar-se além... Via-se viajando pelos oceanos, imaginava o mar que nunca tinha visto.

Por vezes, ao aventurar-se nos sonhos, levava consigo a mãe e a irmã.

Ao acordar, sentia a cama malcheirosa jogando-o outra vez na vida miserável. Se os sonhos eram recorrentes, a vida também, na labuta de manter acesa a chama de querer ver tudo mudar. Antes de se levantar, Tonico olhava o mundo pelas frestas do barraco, alimentando-se de uma força maior que o seu corpo, sua idade, sua condição.

Motivado, pegava os livros e cadernos, rabiscava os exercícios, lia frases, somava e multiplicava. Esperava com ansiedade a hora de engolir o que tivesse para comer e ir para a escola. Nessas horas, o menino superava a adversidade e deixava que a esperança medrasse, empurrando-o para longe do não.

Fazendo planos, terminava seus deveres escolares e apurava o tempo para brincar em torno do barraco. Aproveitava também para ir ao barraco de Dasdores, velhinha contadora de histórias lá do Nordeste que, às vezes, chorava cantando cirandas. Ao contar histórias fantasiosas sobre Carlos Magno e os cavaleiros da França, misturava torneios medievais com as lutas dos cangaceiros. Os romances imaginosos deliciavam Tonico. Ela inventava, tornando a narrativa espetacular. Terminava muito séria, repetindo as palavras do Conselheiro: "O sertão vai virar mar!". Quem não gostava, arreliava a velha. E ela variava, perdendo-se entre a realidade e a fantasia. Tonico sorria ao vê-la assim distante e esperava ela retomar a narrativa.

Uma dessas histórias ele contou na sala de aula...

A professora Solange foi até a favela conhecer dona Dasdores. Combinaram a ida da senhora até a escola para contar casos de bichos, princesas encantadas, guerras nas caatingas entre os partidários de Conselheiro e as tropas de Moreira César.

Esse dia foi uma festa para a turma de Tonico. A professora já havia explicado os motivos da visita e preparara tudo com muito cuidado. Esclarecera sobre a sabedoria popular, a experiência de vida e a riqueza das informações.

As promessas de uma tarde animada foram cumpridas. Dasdores, sentindo-se prestigiada, falou pelos cotovelos, fazendo os alunos aprenderem coisas que os livros não ensinavam.

Riram muito do palavreado e do jeito que Dasdores interpretava os personagens das histórias. Uns poucos torceram o nariz diante da animação em torno da velha, tida como louca. De louca, não tinha nada. Volta e meia ela dizia um palavrão. Ficavam em silêncio, mas terminavam gargalhando, tal a graça com que ela arregalava os olhos para enfatizar algumas passagens da narrativa.

4

A noite era de inverno. O vento forte e constante esfriava tudo. Tonico saiu do barraco, viu a rua de terra batida cheia de moleques iguais a ele. Só que, naquela noite, Tonico estava achando que ele era diferente. Olhava com atenção para os amigos brincando em volta de uma fogueira, junto à qual moradores se esquentavam do frio. O garoto, sentindo-se atordoado pela conversa que ouvira entre a mãe e a irmã, sentara na porta da casa sem vontade de fazer nada. A única coisa que martelava o seu juízo era o teor da conversa. Aquelas palavras ditas em voz baixa reboavam estrondosamente:

— Vamos embora pro Norte, no fim do mês. Se você não ficar esperta, largo você aqui com seu irmão.

Foi assim que Tonico ficou sabendo que seria deixado na cidade grande, sozinho. Parado ali, ouvia os gritos das crianças jogando bola, levantando poeira na rua mal-iluminada, onde a fogueira fazia aumentar os contornos das sombras dos barracos uns sobre os outros. Não se deu conta do passar das horas. Cochilava quando a irmã cutucou-o com o pé, chamando-o para entrar. Nem deu vontade de dormir, queria era uma resposta para o zumbido que se instalara no oco da cabeça.

A partir dessa noite, o menino acompanhou atentamente os preparativos para a viagem. Via a mãe e a irmã arrumando uns trapos numa mala, juntando outros numas sacolas. As duas cochichavam pelos cantos. Ele, sozinho, não entendendo nada. Sentia um nó na garganta e chorava quando ia dormir.

A vida tomou outro rumo. Perdeu a vontade de comer. Somente quando a fome apertava é que se dispunha a engolir o que encontrava. O lanche da escola descia com dificuldade, fazendo bolos, tapando ainda mais a garganta. Emudecera. A professora Solange notou o ar tristonho de Tonico e, com jeito, foi buscar uma explicação para aquela mudança repentina. "Logo agora que ele ia tão bem!", pensou ela.

Falou o tempo todo e não conseguiu arrancar nada do menino, apenas monossílabos, nenhuma pista para a sua preocupação. Deixou a sala, incentivando-o a procurá-la quando sentisse vontade.

"Eu devia contar pra ela e pedir ajuda. Alguém tem de fazer alguma coisa. Eu não posso ficar sozinho aqui. Amanhã vou conversar com a mãe, ela vai ter de me explicar."

Tonico rolou na cama. O vento frio castigava a sua pele e ele sentia necessidade de carinho, de calor. Bateu aquele medo de acordar e não encontrar ninguém. E se, de repente, tudo sumisse, a casa, a favela, os amigos, e ficasse perdido no vazio? Lembrou-se de um filme que vira na televisão. Apertou os olhos para afastar aquelas imagens, aqueles pensamentos rondando a noite e só conseguiu dormir quando, cansado, parou de imaginar coisas ruins. Deu um tempo para si, tentando acreditar que a mãe dissera aquilo por brincadeira, só para fazer com que ele deixasse de ser um menino bagunceiro.

Assim que ouviu os movimentos da mãe se arrumando para sair, Tonico sentou na cama:

— Mãe!

— Que é menino? Isso é hora de acordar? Vai dormir, vai.

— É verdade que você vai embora e me deixar sozinho aqui?

Fez-se silêncio no barraco. Parecia um buraco sem fim. Ele, ansioso para saber se era verdade; ela, procurando uma forma de sair da situação. O vazio enchia-se de interrogações.

— Que conversa doida é essa? Onde já se viu, menino...

— Eu ouvi...

A mãe interrompeu a frase, não querendo ouvi-la dita por ele. Tratou de se apressar, com a desculpa de estar atrasada. Tinha de estar no trabalho no horário e não podia perder o ônibus. Antes de sair, remexeu a bolsa:

— Toma um trocado pra comprar pão.

Ele ouviu o ranger da porta se fechando. A incipiente claridade invadia o barraco por entre as frestas da parede. Tonico embrulhou-se, encolhendo-se. "Tomara que a mãe tenha falado a verdade!"

Foi para a escola mais confiante. Era sexta-feira e o fim de semana prometia brincadeiras com a turma. Não via a hora de experimentar o *skate* que Reinaldinho conseguira, não se sabe como. Ia ser divertido fazer umas manobras. Atravessou a avenida supermovimentada, deixando de lado o sinal para aventurar-se entre os carros:

— Quer morrer, pivete? Parece que não tem amor à vida!

Deu uma banana e pulou para a calçada esburacada, sorrindo da sua ligeireza. Ao se dar conta do perigo, sentiu um aperto na barriga, mas que logo passou. "Eu não quero morrer, não, meu chapa. Sai dessa. Quero viver e correr o mundo..." Lembrou-se do globo que tinha na escola, com seus continentes e oceanos, convidando para uma aventura. Curioso, gostava de saber sobre outros povos, seus costumes, crenças e jeitos de ver o mundo. Mas logo a dúvida se instalava. "Como é que eu tenho coragem de pensar numa coisa dessa se nunca saí daqui? Nem o centro da cidade eu conheço! Mas deixa pra lá. Qualquer hora eu vou. Quando crescer, eu vou."

Encontrou alguns colegas que iam para a escola. Meninos e meninas arrastando chinelos, ou tênis sujos e estragados. As meninas procuravam um jeito de disfarçar a roupa desbotada com um detalhe qualquer. Via-se pelo tamanho que eram roupas doadas. A que Tonico vestia era bem grande. A manga escorria mão abaixo, servindo de zombaria para os seus amigos. Parecia um espantalho.

Entre gritos e risos, aproximaram-se do portão da escola.

5

*N*a segunda-feira, quando acordou, Tonico não viu ninguém no barraco. Sonado, não se deu conta da ausência da mala e das sacolas, mas à medida que o torpor se ia, viu que estava sozinho, abandonado. Era só ele na imensidão brumosa do inverno. "O que é que eu faço agora?"

Correu para a porta da rua, buscando, quem sabe, uma explicação, mas ela não veio. Agachou-se e chorou.

Enquanto as lágrimas rolavam, Tonico procurava encontrar forças para enfrentar a nova situação. Quando a fome apertou, entrou no barraco para ver o que tinha e encontrou pão e um resto de polenta. Engoliu tudo e tratou de dar um jeito no seu paradeiro. Pegou a velha mochila, companheira de escola, e saiu porta afora.

Andando pelas ruas da favela, parecia que nada tinha acontecido. A rotina do lugar era a mesma, mas, quando se deteu em observar, gente, barracos e bichos, viu que tudo era muito feio e triste. O dia cinzento desbotava ainda mais o desbotado daquele mundo. Os olhos de Tonico absorveram as imagens que se entranhavam nele com força. Apressou o passo; queria ir embora dali. Só não sabia para onde.

De rua em rua foi se afastando da favela. Aos poucos, o cenário se transformava. Primeiro, foram as grandes avenidas marginais, engarrafadas na manhã de segunda-feira. Tonto com tanto barulho, ficou sem saber que rumo tomar. Deixou-se levar pelo fluxo dos carros que seguiam em ritmo lento para algum lugar.

Cansado, resolveu que era hora de se encostar e foi o que fez. Inseguro, procurou descansar sob uma marquise, escondendo-se do vento frio. Quem via o menino sentado ali tão quieto não percebia o olhar parado, a apreensão, afligindo-o. O que fazer? A dor que sentia paralisava-o. Nenhum pensamento lhe ocorria que pudesse dar um sentido para seu dia.

Palito vinha chutando uma lata de refrigerante e agarrava com força um embrulho. Ao dobrar a esquina, deu de cara com um garoto sentado num canto, encolhido. No primeiro momento, teve vontade de se afastar. Não sabia quem era ele. Podia ser barra-pesada... Apressou o passo chutando a lata, mas ela esbarrou nas pernas encolhidas. Os dois se olharam. Palito reconheceu Tonico. Confiante, aproximou-se.

— Oi!

Não obteve resposta. Insistiu de novo, inutilmente.

— Você tá mudo, cara?

Tonico começou a chorar. Palito espantou-se. Confuso ao ver o garoto tremendo, sentou-se ao lado

dele. Não sabia o que dizer. Abriu o embrulho, estendendo-o. Os olhos embaçados pelas lágrimas focaram as formas amassadas sobre o papel engordurado. Como a fome era muita, aceitou as empadas que desmanchavam mais ainda em sua mão.

Ficaram de conversa. Tonico nem se lembrou da rasteira que Palito lhe dera no campo de futebol. Como estava só, agarrou-se às possibilidades que ele poderia lhe oferecer. Palito não se espantou com o fato de Tonico ter sido abandonado.

— Cara, você tem de se virar. Tu é laranja!

Diante da interrogação de Tonico, Palito explicou: laranja era menino novo na rua, sem experiência no trato com o mundo barra-pesada. Na sua ingenuidade, Tonico foi entendendo a situação. Sentiu a barriga fisgar. "Que saco!" Apertou o braço na altura do umbigo. "Tenho de ficar esperto", pensou. Prestou atenção no jeitão de Palito e tratou de imitá-lo.

— Vamos sair daqui, meu chapa, dar uma banda por aí!

— Nós vamos pra onde, Palito?

— Ah, por aí. Vou mostrar umas coisas pra você. Fica esperto, senão tu dança.

— Onde é que eu vou morar?

Diante daquela pergunta, Palito ficou atordoado. Em seguida, riu da cara de Tonico:

— Morar? Tua casa agora é a rua, meu chapa. Rua, sacou?

A ficha caiu, retinindo no cérebro de Tonico. Perdera a mãe, a irmã... Não tinha vontade de retornar ao barraco. Àquela altura, o dono já deve ter ocupado com outra família. Agora estava por conta do acaso. Se encontrar Palito era seu destino, aproveitaria a oportunidade, deixando-se levar por ele. A conversa costurou os passos. Rumaram para além dos armazéns, atravessando ruas e becos até a ponte que cruzava a autopista e o rio barrento a exalar odores fétidos. Ao longe, a cidade recortada no horizonte cinza de um dia invernal oferecia-se.

6

De rua em rua, de praça em praça, os garotos chegaram ao centro da cidade. Para Tonico, aquela travessia o aturdia. Estava deslumbrado, apavorado, tenso. Deixava-se levar por Palito, procurando gravar na memória alguma referência. Porém, à medida que avançavam cidade adentro, tudo se complicava. Diante de cada prédio, cada esquina, loja, avenida, seu olhar traçava volteios, perdia-se.

Ao chegar no viaduto, Tonico não resistiu. Parou de boca aberta, extasiado com o que via. Embaixo, uma grande praça. Em torno do garoto, gente e mais gente apressada, resmungando, seguindo. Ele, lento no seu girar para ver melhor, atrapalhava-se, atrapalhando quem passava. Ouviu xingamentos e reclamações. Antenou-se e não viu Palito. "Onde será que ele se meteu?"

Apavorou-se. O frio na barriga, o tremor nas pernas obrigaram-no a sair do meio da calçada. Encostou-se na grade, buscando proteção. Nem viu a beleza das curvas como bordados no ferro. Espremeu-se diante dela e arriou. O mundo era um mar de pernas apressadas. Não demorou muito, ouviu um assobio, e Palito materializou-se em sua frente com a cara mais debochada, arreliando.

— Ficou com medo, Tonico?

— Ô, cara, onde você se meteu?
— Olha o que eu trouxe.
Duas maçãs vermelhas ocupavam as mãos dele.
— Toma.
— Você comprou?
— Sem essa, o bacana aqui não compra nada.
— Ganhou?
Não obteve resposta.

Tonico não quis perguntar mais nada. Não queria acusar o amigo. Aceitou a maçã. Entre uma mordida e outra, falava consigo mesmo. Sabia que não seria fácil conseguir comida. Teria de pedir, teria de roubar? As saídas eram aquelas ou havia outras possibilidades? Ao olhar para o rosto das pessoas que passavam, não viu outra alternativa. "Será? Roubar pra poder comer... E se me pegarem? Podem me prender. E se alguém me der uma surra? Deve ter um outro jeito de arranjar comida." A maçã, doce e leve, contrastava com a acidez das perguntas não respondidas. Haveria uma resposta para elas?

Naquele momento, não. Tonico tinha de aprender a se concentrar no instante. A maçã, os passantes, o amigo ao seu lado, falando coisas sobre a cidade, debochando da cara de um e de outro. O passado ia ficando de lado. Para se defender, teria de viver cada minuto em si mesmo, sem ontem e sem amanhã.

Palito puxou a manga da camiseta de Tonico, que, absorto, terminava de saborear o último pedaço da fruta. Foram andando. Camelôs, pais de santo, vendedores de loteria, executivos, *office boys*, moças elegantes, outras nem tanto. Para Tonico, tudo era novidade. Na barraca de frutas, outras maçãs vermelhas convidavam-se, lindamente. Desejou-as. Apontou a barraca para Palito e ele, sem a menor cerimônia, sem ao menos avisar o companheiro, ao passar pela banca, enfiou a mão, agarrando a fruta.

— Pega ladrão! — esganiçou o barraqueiro.

A desabalada carreira de Palito vencendo os obstáculos estimulou Tonico a enfrentar a multidão. Distanciava-se da barraca e perdia-se de Palito. O ar faltava-lhe. Uma pontada do lado esquerdo da barriga atrapalhava, mas ele queria fugir dali. Tentou de todas as formas não se perder do amigo. Foi em vão o seu querer. Viu-se outra vez sozinho. Sozinho, seguiu andando. De vez em quando, olhava para trás. Aquela sensação de estar sendo seguido entranhou-se pela primeira vez em sua vida.

Sem rumo, sem guia, seguiu o instinto. Tentava não se preocupar, embora percebesse que a noite começava a chegar. Os edifícios sombreavam mais e mais as ruas estreitas. A agitação das pessoas aumentava, e ele seguia os movimentos procurando entendê-los, aprender novos jeitos de se virar, de se enquadrar naquela novidade. Dobrou a esquina e deparou-se com uma igreja enorme. Deu vontade de entrar.

No meio da praça, em volta da fonte, encontrou muitos meninos e meninas. Uns mais velhos do que ele, concluiu pelo tamanho. Outros bem menores, não deviam estar na rua. Aproximou-se, sem jeito, inseguro. Todos se pareciam. Os cabelos sujos, as roupas rotas. Quando Tonico chegou mais perto do grupo, a garotada riu da sua cara de espanto. Ficou ali na berlinda, sem saber o que dizer, o que fazer, até que um deles falou:

— Diga daí, figura! Tu é novo no pedaço? Se marcar bobeira, dança.

Diante do tom agressivo, Tonico sorriu desajeitado. Dito, desarmado ante o sorriso, antipatizou com o recém-chegado e afastou-se, acompanhado pela maioria.

7

Da praça fez sua morada. Quando a noite chegava, catava jornais e com eles fazia um cobertor. Dormia coberto de letras. Sonhava debaixo de um céu com poucas estrelas visíveis.

Com o tempo, aprendera a se defender, mas não conseguia ser igual aos outros. Sentia-se diferente. Era incapaz de aceitar o pensamento que predominava entre os companheiros: salvar a pele e mais nada. A maioria aceitava o que era dado. Defendiam-se com agressividade crescente, perdendo a autoestima para seguir os mais fortes na liderança.

Era preciso viver. Tonico se espantava com a atitude de amigos que não davam a mínima importância à vida. Arriscavam-se em empreitadas, roubando, drogando-se, fugindo da polícia, defendendo-se da ameaça dos grupos de extermínio.

Mesmo diante de tanta desgraça, Tonico encontrava tempo para sonhar. Sonhava com aventuras nas estrelas, com as guerras nas estrelas. Via-se lutando contra monstros intergalácticos como nos filmes de televisão que assistia através das vitrines. Eram guerras que Tonico ganhava, bem diferente das guerras com os tiras. Perdia horas diante de uma loja vendo televisão.

Certo dia, concentrado num filme, não percebeu que estava sendo observado. Berenice, olhos grandes, corpo esguio de adolescente, admirava o garoto postado diante da vitrine sem se dar conta do mundo em sua volta. Sentindo-se atraída por ele, não tinha vontade de se afastar. Quando o filme acabou, ele voltou-se para sair dali. Ela viu o rosto dele. Rosto de menino bonito. Aproximou-se.

— Vamos comer pastel?

Diante do inesperado, ele retrucou:

— Não tenho grana.

— Eu tenho. — Enfiando a mão no bolso da calça justíssima, apresentou-lhe uma amarrotada nota de cinco reais.

— Como é teu nome?

— Antônio, mas todo mundo me chama de Tonico.

— Podia ser Tuim. Você tem cara de passarinho!

Ele riu do disparate, mas até que gostou.

— Meu nome é Berê.

E foram andando em busca do pasteleiro que empesteava a rua com o cheiro do óleo velho. Aproveitaram o momento para charlar. A confiança mútua fez com que se abrissem. Ela, mais resistente; ele, mais solto, confidenciava. Negou apenas a idade, aumentando-a de doze para dezesseis. Ela duvidou, mas ele insistiu e ficou por isso mesmo. Que importância tinha a idade dele diante da vida que levavam? Nem documento tinha para provar. Ela, treze anos, na rua desde os sete, sentia-se bem mais velha.

Querendo ficar mais tempo com Tonico, Berê tratava de perguntar e perguntar, esticando a conversa o mais que podia. Ele, fascinado pela garota, que tudo fazia para agradar, contava do que gostava. Durante o dia, curtia andar pela cidade, buscando o que fazer, procurando o que comer. Como sabia ler, gostava de parar em frente aos cartazes dos cinemas. Nas bancas de revistas, olhava as figuras, soletrava as palavras. Às vezes, pedia; outras vezes, roubava. De vez em quando ganhava uma grana, um cascudo, uma ameaça. Assim vivia ele, desgarrado de tudo, procurando se defender.

Ela não acreditou que ele soubesse ler. Ela não sabia. Sentiu inveja quando Tonico pegou uma folha de jornal. Foi tão bonito ouvir a leitura dele, que o mau cheiro da sarjeta ficou em terceiro plano. Berenice suspirou. Tonico não se deu conta, mas alguma coisa se passava com ela. Ficaram ali muito tempo não querendo se desgrudar. Falaram da turma da rua, Palito, Alemão, Pastel, Chica... até chegar em Dito.

Berê estremeceu ao ouvir o nome de Dito. Não gostava dele. Perverso, subjugava os outros, mas era controlado por um cara mais velho, catador de papel, Marcão Sujeira: explorador de meninos e meninas de rua. Dito vivia em função dele e muitas vezes expressara a vontade de um dia tomar o lugar de Marcão.

Tonico ouvira outras histórias sobre Dito. Procurava manter-se afastado da região onde ele mandava.

A conversa entre os dois ia engrenada, mas, de repente, Berê deu uma desculpa e foi embora. Prometeu encontrá-lo outro dia. Sem dizer qual, afastou-se. O que Tonico não viu foi o sinal de um rapaz chamando a garota. Ficaram de papo na esquina e sumiram. A noite chegava. Neons e luminosos coloriam o cinzento dos prédios, as pessoas deixavam o trabalho e, apressadas, retornavam às suas casas. Nas filas de ônibus, uma gente triste aguardava a hora de embarcar.

A brisa esfriou o corpo de Tonico. Sentiu vontade de beber alguma coisa que esquentasse. Foi pedir café num bar.

Reconfortado, seguiu pelo claro-escuro das ruas.

Ao passar pelo Largo, sentiu as pernas doerem. "Tá na hora de parar." Reviu no meio do canteiro a estátua que lhe chamara a atenção várias vezes. Ficou olhando para ela, sentindo uma coisa que não sabia o que era, mas seu olhar contava que era saudade. Ficou com a estátua pousada no meio dos pensamentos. Queria o barraco, a mãe, a irmã. Queria o passado, mas, como ele doía fundo, afastou-o para o lado, deixando espaço somente para a estátua. Num impulso, adentrou o canteiro.

Muito contente, aninhou-se no colo de bronze. Desdobrou o jornal que pegara no lixo e cobriu-se de notícia. Nem o frio, nem a dureza do metal impediram que ele adormecesse. No meio de tantos fatos servindo-lhe de cobertor, sonhou. A mulher de bronze mexia os braços, abraçando-o, acarinhando-o. Como era doce aquele colo aconchegante. Acomodou-se melhor e ressonou profundamente. O sorriso de Berê cresceu no sonho.

8

— É um trombadinha!

— Esses meninos deviam estar presos!

— Sai de cima da estátua, guri.

— Para com isso, dona, é um menor abandonado!

— Esses pivetes emporcalham a cidade. Deixam a praça uma feiura só!

Tonico ouvia tudo, mas fingia que estava dormindo.

Um moço engravatado apoiou a manifestação e, sentindo-se o dono do mundo, lá se foi com o rei na barriga. Dono de todas as verdades, tinha mil soluções para resolver o problema da menoridade carente.

Uma senhora saiu em defesa do garoto. Solidarizava-se com ele. Ao manifestar seu pensamento, foi aprovada por alguns.

Um rapaz se afastou, dizendo para si mesmo:

— Eu não posso fazer nada.

— Deviam chamar a polícia!

Afirmativas e negativas seguiram-se à fala.

Ao ouvir "polícia", Tonico arregalou os olhos. Ficou olhando aquelas caras, tentando estabelecer com elas uma ligação, mas, ao ver o policial que se aproximava, procurou sair pela tangente.

Escapuliu pelas ruas, indo juntar-se ao grupo de meninos e meninas que vadiavam na praça. Surpreendeu-se ao encontrar Palito. Tonico se aproximou do amigo, querendo saber os motivos do seu desaparecimento.

— Os gambés me pegaram, cara. Passei uns dias na Febem.

A cabeça raspada mostrava que Palito tinha passado

pela instituição. Ele contou com detalhes os dias que passara interno, gabando-se de como fugira. Na roda, a maioria já tinha passado pela mesma situação. Tonico era um dos poucos que não vivera a experiência e por isso assustava-se. Ao ver Berê se aproximando, foi ao seu encontro. O temor de ser colocado na instituição para menores esvaneceu.

Com a chegada de Berê, a roda se animou. Dos maiores aos menores, surgiram manifestações de prazer e alegria. A garota sabia o quanto era admirada e exercia o seu poder e liderança. Respondeu a uma piada com outra, brincou, fez charme e pegou Tonico pela mão, afastando-se com ele sob os assobios e ditos picantes do grupo.

Tonico, envaidecido, seguiu Berê pela praça. Desviava dos transeuntes sem perder de vista a garota no seu vestido curto. O desbotado não conseguia esconder a beleza da estampa floral. A garota apressava Tonico, gritando seu nome, prometendo levá-lo para um passeio; ele ria.

Ao chegar no ponto de ônibus, ele arfava, tentando antenar-se no que ela dizia:

— Fica esperto. Vamos pegar um ônibus pra ir até o Ibirapuera. Não bobeia.

Nem bem terminou de falar, o veículo parou no ponto. Berê puxou Tonico pela camiseta. Ele desequilibrou-se, mas conseguiu entrar. A gargalhada da amiga contagiou o menino. Os passageiros fulminaram os dois com olhares reprovadores. Na catraca, Tonico parou.

— Passa por baixo, cara. Por baixo.

Sem pensar, o menino seguiu a ordem da garota e mergulhou no espaço proporcionado pela catraca. Quando ela foi fazer o mesmo, o cobrador barrou. Não houve jeito. Relutante, catou as moedas que tinha e pagou a passagem. O cobrador resmungou qualquer coisa, ela debochou. Empurrando-se, Berê e Tonico foram sentar no fundo, ela toda dengosa se encostando nele. A timidez do garoto se fez presente. Embora orgulhoso por ser querido, ficou encabulado com os atrevimentos de Berê.

Olhando a cidade através da janela, Tonico viu a paisagem modificar-se. Das ruas estreitas do centro passava para as longas e largas avenidas. Os jardins, as casas, os edifícios e as pessoas tinham um outro jeito. Ele apontava para Berê cada coisa que lhe chamava a atenção. Encostava o nariz no vidro, absorto pelas novidades. A cidade diferenciava-se. Tonico estava deslumbrado.

Comentavam, riam, externavam seus pensamentos. Exclamavam, discordavam, para depois concordar. Voltavam a sorrir despreocupadamente. Quando o ônibus acabou de descer a avenida, ela viu o monumento, e deu o sinal para o motorista...

— Vem cá, Berê, deixa eu ver essa coisa enorme!

— Ih, vamo pro parque.

— Não, quero ver essa estátua primeiro.

Tonico apontava para o monumento, sentindo-se pequeno diante da grandeza. Berê, meio emburrada, seguiu Tonico, que ia ligeiro na sua vontade de descobrir. Contornou as figuras enfileiradas, empurradas e empurrando-se pela força desbravadora, impressa na pedra pelo artista.

Diante da placa, soletrando, o menino foi descobrindo que o monumento homenageava os Bandeirantes e seu autor era Victor Brecheret.

— Vamos subir, Berê!

Sem receber a confirmação da garota, escalou a pedra equilibrando-se entre as figuras recortadas. Do alto, gritava para Berê. Estava contente. O vento frio tremulava a camiseta suja, o cabelo desgrenhado. Ace-

nando para a garota, divertia-se em pular de uma figura para outra, enquanto ela deixava a birra de lado para acompanhar os movimentos do amigo.

9

Arfando, rolaram pela grama orvalhada, até que os corpos se juntaram. Cara a cara, braço a braço, olhos nos olhos, Tonico e Berê silenciaram. De longe, as buzinas se faziam ouvir. A garota passou os dedos pelo rosto do menino. Contornou os olhos grandes, mergulhando neles, depois os lábios. Ela sabia o que queria. Ele pressentia algo novo. A respiração, o toque, o calor emanando do corpo dela.

Era como se estivessem sozinhos no mundo. Não se importavam com os que andavam pelo parque. O recanto resguardava-os. Ao sentir a respiração carregada de Tonico sobre o seu rosto, Berê colocou sua boca na dele. Os lábios, um no outro se estreitaram. As mãos se enlaçaram e o mundo rodopiou.

— Tô com fome!

De repente, Berê se afastou. Tonico, abandonado na surpresa, encolheu-se, cão perdido. Ela fitou os olhos compridos, passou a mão sobre a cabeça dele e saiu correndo. Pensava num jeito de conseguir o que comer. Tonico viu a amiga se afastar. Sem perdê-la de vista, viu quando ela abordou um homem. Ficaram de conversa, e se afastaram para um canto recuado, onde as árvores formavam labirintos. Intrigado, Tonico não resistiu e foi atrás dos dois.

No rádio, Tim Maia, num contracanto com Gal, enchia de ternura o vazio que se apoderava do menino. Ao ver sua amiga sendo apalpada pelo desconhecido, começou a tremer. As mãos que percorriam o corpo de Berê feriam-no.

Tonico quis se afastar, mas, camicase, rumava para o alvo, destruindo seu sonho: amar Berê. Resistia à ideia de ir embora; ia ficando, cavando fundo a ferida. Quando a dor ficou insuportável e antes que rebentasse em lágrimas, deu um grito. O homem se assustou, ajeitou a roupa e fugiu. Berê e Tonico se olharam.

Ela se aproximou, tocou o rosto do amigo, deu-lhe um beijo. Tonico correspondeu ao afeto. Por um instante, a felicidade tomou conta dele, para esgarçar-se em seguida. Berê convidava-o para comer cachorro-quente.

No fim da tarde, depois de andar sem rumo, ele quieto, ela insistindo sobre os motivos da zanga, separaram-se. Na estação do metrô, Berê viu o trem partir levando os olhos tristes de Tonico.

Assim que se viu só, Tonico resistiu ao apavoramento que começou a tomar forma. De seu medo tirou forças para arranjar uma grana. De banco em banco, pediu. Amealhou alguns troca-

dos e, satisfeito, desceu onde quis. Percorreu a estação procurando se esquivar da vigilância. Por fim, saiu no meio de vários edifícios envidraçados. Parou, fascinado com os reflexos dos vidros no espelho d'água.

O lago espelhava os prédios e estes refletiam as águas. No meio de tanto espelho, um pato. Não nadava. Empoleirado no centro do lago, apoiado não se sabe onde, concentrava-se em alisar as penas com o bico.

Tonico ficou parado. Hipnotizado, olhou a ave. "Como é vida de pato? Nadar e parar, nadar e parar. Não faz mais nada?" No meio de tanto vidro, esquadrias de alumínio, esculturas, jardins e caixas eletrônicos, o menino e o pato não se encaixavam. Não era cenário para eles. O menino, no seu cismar, e o pato, a cutucar-se, destoavam.

Quando os vidros refletiram as luzes anunciando a noite, Tonico sentiu o cansaço bater. Estava na hora de voltar para o centro da cidade, encontrar a turma, descolar um prato de sopa na Casa do Sol Nascente, e depois dormir nos braços da estátua.

10

*N*a praça, encontrou com alguns meninos. Juntou-se ao grupo. Seguiram em busca do prato de sopa. Foram recebidos pelos educadores, encaminhados para o banho, depois para o refeitório e, finalmente, para uma conversa com os rapazes e moças de plantão na Casa do Sol Nascente. Brincaram, desconversaram e foram embora. Tonico ficou um pouco mais, entretido com gibis e revistas.

— Você gosta de ler?

Ao ouvir a voz suave, o menino voltou-se. Encostada no batente, uma moça de longos cabelos castanhos, olhos claros e boca rosada de batom, olhava-o com segurança, mas sem altivez.

— Você trabalha aqui, tia?

— Meu nome é Stela, e o seu?

— Tonico... Antônio. Tonico é apelido.

— Posso pedir uma coisa?

— Pode.

— Não me chame de tia, tá legal?

Começou ali uma amizade. Ficaram de conversa. Stela conseguiu saber algumas coisas da vida de Tonico. Ele, como num jogo, revelava um pouco e recuava. Não queria se mostrar por inteiro, assim, sem mais nem menos. Stela não invadia o mundo do menino. Contava com o tempo. Aquela noite era de aproximação.

Tonico se animou ao saber que Stela era artista. Estimulado, contou sobre a sua professora de Artes na escola e foi convidado a participar das oficinas de Artes Plásticas que a Casa oferecia. Ficou feliz. Fizeram-se promessas. Quando deu a hora de a Casa fechar, Tonico despediu-se, sentindo falta de um lugar para dormir, abrigado do vento e da malandragem da noite. Stela sentiu não poder ajudá-lo. As limitações da Casa, no entanto, não seriam impedimento para insistir no retorno do garoto. Ao dobrar a esquina, Tonico acenou. Lembrou-se então da mulher de bronze no meio do canteiro e foi correndo procurar o seu regaço.

Dormiu quieto, mais uma noite na rua, aconchegando-se nos jornais que catara pelo caminho. Durante o sono sonhou. Viu o rosto da mãe no corpo de Stela. Viu Berê amarrada na entrada de uma caverna, guardada por um dragão cospe-fogo. Dasdores lhe oferecia uma armadura e um cavalo branco. Insistia para ele salvar a garota. Ele queria e não queria, e sofria com isso.

A noite avançava. A cidade silenciava passo a passo. Para os lados da estrada de ferro, um grupo de garotos comandados por Dito acabava de cheirar cola. Os mais velhos disputavam um baseado. Doidões, resolveram surfar sobre os vagões do próximo trem. Dirigiramse para o ponto estratégico de onde poderiam pongar no veículo. Queriam a aventura de se livrar dos fios de alta tensão, mergulhando sob eles ao sabor do vento frio.

Com agilidade, saltaram sobre o vagão, seguindo viagem noite adentro, gritando hora com um, hora com outro. O frio na barriga acompanhava cada movimento. Tentativas de manobras arriscadas davam mais emoção àquela brincadeira perigosa. O barulho da máquina estimulava os gritos, assobios, palavrões...

Por fim, cansados pela descarga de adrenalina, desceram na primeira parada. Dito, Alemão, Palito e Paulinho Bagana seguiram para a zona mais pesada da cidade. Na primeira esquina, toparam com Luizão, fornecedor de crack. Resolveram jogar pesado para conseguir a droga. Palito foi encarregado de atrair o cara. Afastaram-se.

Depois de muita enrolação, Palito conseguiu levar o passador para o beco, mas, diante da ameaça dos garotos, Luizão reagiu feio. Sem pestanejar, Dito enfiou o canivete na barriga dele, enquanto Alemão amordaçava-o. Com o homem no chão, fizeram a limpeza, levando várias pedras. O que eles não esperavam era a represália. Jurema, namorada de Luizão, assim que o viu seguir na direção do beco, avisou o chefe da área.

Na fuga, os garotos foram abordados pelos parceiros de Luizão, que fariam tudo para conseguir a droga de volta. Paulinho Bagana terminou esfaqueado sobre o asfalto. Os outros conseguiram fugir, enquanto Jurema socorria Luizão. Do bar, vinham os acordes de um samba-canção, abafando o choro da mulher pedindo socorro.

O vento aumentou. Tonico puxou os jornais e se enroscou neles.

O corpo cansado pesava cada vez mais nos braços da estátua. Nem o grito solitário de um bêbado conseguia tirar o menino dos seus sonhos: estava na Casa do padre Júlio. Stela, no meio da sala, distribuía potes de tintas e pincéis. Cada um com seu papel espalhava a tinta, criando formas e imagens coloridas. Mas todas as cores viravam vermelho. Pedia ajuda para Stela. Quando ela se aproximava, Dito se interpunha entre os dois. Ele tentava afastá-lo, mas Dito era mais forte e terminava por vencer. Tonico chorava lágrimas vermelhas. Virou-se no colo da estátua, tentando afastar as rubras imagens do seu sonho.

A viatura do jornal fez a volta na praça. Por insistência do fotógrafo, o motorista executou um desvio complicado e estacionou perto da estátua. Luciano desceu, máquina em punho, e começou a focar Tonico nos braços da estátua. A objetiva registrou. Luciano pensava na primeira página do jornal. A foto poderia interessar o editor-chefe. A cada clique, deixava-se enternecer pelo menino adormecido, captando com detalhes a sua expressão.

11

— O fim do mundo está pra chegar! Ai daquele que não estiver em paz com o Senhor. Os pecados precisam ser lavados! Aquele que duvidar e continuar na podridão do vício, do sexo e do roubo será atingido pela espada do anjo exterminador. O dia vai virar noite, o sangue escorrerá da lua e a besta passará com seu carro da peste para levar os malditos. Sai, Satanás! Sai! A peste da Aids veio pra marcar a hora do extermínio. Arrependei-vos!

A mulher bradava, ameaçando com o fogo do inferno. Seus gritos acordaram Tonico, mas ele nem ligou. Esfregou os olhos e pulou no canteiro. A barriga reclamou. Precisava descolar alguma coisa para comer...

Aproximou-se do balcão espichando os olhos para o pão doce, com açúcar e creme de ovos. As pupilas e a fome aumentaram. Esperou cliente com cara de bom amigo e arriscou um pedido. Nem precisou insistir. Surpreendeu-se. Atendido no seu desejo, saiu aos pulos da padaria, lambuzando-se.

Ao chegar na praça foi cercado pelos companheiros. Era o centro das atenções e tratou de devorar o resto do pão. Pastel avançou sobre ele. Agarrando-o pelo braço, puxou-o até a banca próxima. Aos berros, apontava para um jornal:

— Tu ficou famoso, cara! Saiu tua cara no jornal. Deu a maior bandeira! Logo hoje, cara! Logo hoje! Pintou a maior sujeira. Tu chamou a atenção dos gambé.

Pastel ameaçava Tonico. Os outros cercaram a dupla. Pareciam dispostos a atender a qualquer pedido de Pastel. Tonico não entendia a raiva do companheiro. Tentava se defender dos tapas que recebia, pedia uma explicação; em troca, só porrada... Começou a juntar gente.

O jornaleiro tomou as dores de Tonico, ameaçando o grupo. Pastel, intimidado, parou e se afastou, acompanhado pela maioria. Tonico, o corpo doendo de tanta pancada, olhava sua foto no jornal. Ao lado dela, a foto de Paulinho Bagana esfaqueado. A reportagem juntava os fatos, e Tonico, soletrando, procurava entender o que se passava. Compreendeu quando Chica chegou perto:

— Tá na hora de você sumir, carinha. Tua cara no jornal vai trazer a cana, o camburão. Os gambé vão pegar a gente. O Dito tá escondido e jurou acabar com você. É melhor se mandar. Aconteceu a maior zorra ontem de noite.

Tonico limpou as lágrimas e se afastou. Na sua mente veio a figura de Stela. Criando alma nova, dirigiu-se para a Casa do Sol Nascente. Lá, quem sabe, encontraria amparo. Ia sozinho, mas dentro dele uma certeza se fez brotar: a possibilidade de futuro. Caminhando, olhava para dentro de si e via que chegara a hora de agarrar aquele momento para dar um basta. Percorrendo os lugares de todos os dias, ia se despedindo da turma, de Berê, da mulher de bronze, da vida na rua...

Na Casa do Sol Nascente o movimento era muito grande. Os acontecimentos da noite anterior colocaram os educadores de prontidão. Desde cedo, a Casa vinha recebendo crianças à procura de proteção. Padre Júlio estava ajudando no que fosse necessário. Era preciso saber os detalhes dos fatos e proteger os menores da violência, do desrespeito e, principalmente, das soluções equivocadas, que surgiam nas situações emergenciais e terminavam criando mais problemas. A urgência das ações não poderia se perder nas soluções de última hora; no entanto, era preciso aproveitar o momento para denunciar o descaso e os equívocos com relação aos meninos e meninas de rua.

Tonico chegou em meio a agitação, procurando Stela. Todos queriam vê-lo, já que o jornal circulava de mão em mão. A beleza da foto, na sua trágica poesia, emocionava. Os teóricos faziam leituras, tiravam conclusões. O menino não se apercebia, só queria a sua amiga Stela. Encontrou-a preparando a sala para as atividades da manhã. Os dois se olharam. Ela abriu os braços, que se fecharam num abraço cheio de conforto e ternura. Ele se entregou ao carinho, não se importando com a roupa suja. A lavanda que se desprendia do vestido da moça perfumava tudo. Tonico falou baixinho, mas com certeza.

— Quero sair dessa vida!

— Quer mesmo, Antônio?

— Quero.

— Vamos falar com o padre Júlio. Ele pode nos ajudar.

Ansioso por uma resposta para o seu caso, Tonico esperou o padre retornar da visita à casa dos bebês.

Enquanto aguardava, brincou com tintas e pincéis. Com eles criou imagens, concentrando-se nas linhas, nas texturas. O pincel corria sobre o papel, construindo um mundo todo seu. Sentia-se abrigado, querido, amado. Dessa forma, conseguia fazer a travessia da aflição para aquele estado que às vezes sentia e não sabia falar sobre ele. Só sabia que era bom. A pintura que fazia impregnava-se desse sentimento de paz, que mansamente tomava conta dele.

Lembrou-se da mãe ao ver a cozinheira servindo o almoço. "Será que ela viu a minha foto no jornal? Bem que podia me achar..." Deu um aperto na garganta. Não queria chorar na frente dos outros, mas não conseguiu deter as lágrimas marejando os olhos. Enquanto comia, tentava esquecer aquele dia tão distante em que fora deixado sozinho na cidade.

Padre Júlio regressou logo após o almoço. Reuniramse. Acreditavam na possibilidade de o menino sair da rua e partir para uma outra forma de vida. Depois de muitas opiniões, chamaram Tonico. Queriam saber o que achava da proposta: mudar para uma cidade do interior.

12

*A*pesar do calor, Tonico não queria sair da cama. O cheiro dos lençóis incentivava à preguiça. Mesmo sabendo das normas da casa, retardava o levantar, curtindo cada momento. Pela fresta da janela, o sol intrometia-se no quarto. Nas camas ao lado, os amigos ainda dormiam. "Não estou tão atrasado assim."

Era feriado, mas tinha tarefas para fazer. Depois de cumpri-las, a tarde era para vadiar. Pensou numa volta pela cidade. Tinha um pouco de dinheiro, economia dos trabalhos que fizera ao longo do mês. Além disso, restavam-lhe alguns trocados do presente de aniversário. Ao completar quinze anos, os amigos fizeram uma vaquinha e deram para ele a quantia arrecadada. Pulou da cama disposto. Pela fresta da janela, viu o luminoso dia de primavera! O ipê amarelava. Os hibiscos, com suas grandes flores vermelhas, estampavam o verde-escuro da densa folhagem.

Na copa, juntou-se a Jandira e Nelson, os responsáveis pela casa. Os garotos encontravam no casal os pais que tinham perdido. Os dois desenvolviam o trabalho com afetividade, que se percebia na harmonia e no crescimento de todos. Jandira e Nelson administravam a casa, procurando despertar os sentimentos de amor e de responsabilidade nos seus hóspedes. Nem por isso os meninos deixavam de aprontar, afinal de contas, a maioria era criança. Tonico e Mário eram os mais velhos.

Em poucos segundos, a mesa ficou completa. O café da manhã aconteceu em meio a conversas, brincadeiras, riso e pouco siso. Depois, cada um foi cuidar dos seus afazeres. Fazia três anos que Tonico viera para o interior e estava adaptado. Gostava daquela vida tão diferente da que vivera nas ruas da capital. Retomara os estudos, preparava-se para cursar o sexto ano, via o mundo de outra forma. Tinha certeza de que escapara do inferno. Sabia que era um sobrevivente. Pensava nessas coisas, quando Mário entrou na sala, os olhos vermelhos, a cara inchada. Alguém fez uma piada. Riram. Mário engrossou. Nelson interferiu e o café da manhã continuou.

Absorto em seus pensamentos, compreendia que não precisa se afobar para alcançar o que queria. Executava seu trabalho na pequena horta, embalado pelo eco das palavras que ouvira de Stela ao despedir-se. Eram palavras de encorajamento, cheias de esperanças e crença nas possibilidades que ele tinha para construir a estrada que o levaria para longe das ruas. Ela pedira para que ele não se deixasse endurecer, ficar descrente. Ele lutava contra isso.

Por vezes, enchia-se da disciplina da casa, do papo xarope... Aí, dava aquela vontade louca de sair porta afora e sumir nesse mundo. Quando desanimava, procurava respostas nas conversas com Nelson. Naquele momento, os dois mexiam na terra, limpando os canteiros, rindo um do outro e dos acontecimentos da casa: os problemas do dia a dia, as brincadeiras, as rebeldias... Os outros garotos brincavam com o esguicho. Nelson cutucava Mário para que se envolvesse, mas ele nem ligava.

Pararam antes do almoço.

No banheiro, ao deixar a água escorrer, Tonico voltou a se dar conta das mudanças que aconteciam no seu corpo. Queria conversar com alguém, mas tinha vergonha de se abrir com Nelson. Às vezes, era motivo de piadas. Mário ria das perguntas que ele fazia. O amigo respondia como se fosse coisa suja, sem explicar nada. Tonico não era bobo. Desde que caíra nas ruas sabia das coisas, tinha visto muitas, mas agora era diferente. Aconteciam umas coisas que ele não entendia bem por quê, sabia mais ou menos o que eram, mas queria saber mais, saber tudo. Prometeu a si mesmo vencer a vergonha e perguntar para Nelson. O cheiro da comida desviou a rota do pensamento e ele apressou a saída do banheiro.

Na varanda da casa, Jandira viu quando Tonico e Mário saíram para dar uma volta pela cidade. Confiava neles, mas não deixou de fazer as recomendações de sempre. Mário andava muito estranho. Os dois acataram as observações e riram das preocupações dela. Correram em direção ao ônibus, que já estava partindo. Pongaram e agradeceram o motorista por ter diminuído a marcha.

O veículo rodou pelo bairro e foi em direção ao centro. Inventando uma desculpa, Mário desceu antes, prometendo encontrar o amigo no final da tarde. Tonico, que queria passear sozinho, nem se deu conta de que Mário repetia esse movimento todas as vezes em que saíam. Aproveitaria para andar pela praça sem nada para fazer. Gastaria um pouco no fliperama e tomaria um sorvete, se o dinheiro sobrasse.

Ao descer do ônibus, viu-se envolvido por um movimento fora do comum. O som da banda deu-lhe a certeza de que alguma coisa especial acontecia. De fato, ao dobrar a esquina viu-se diante de um desfile. O Circo Nerino fazia a sua parada para anunciar a estreia na cidade. Balizas, palhaços, trapezistas, malabaristas, bailarinas e contorcionistas acenavam para os moradores. Roupas coloridas, maquiagem carregada, muito brilho.

Atraído pela música, o garoto seguiu o desfile sem se importar com o fliperama. O sorvete, que esperasse! Encantou-se com a jovem que se equilibrava sobre uma bola azul salpicada de estrelas. Parecia Stela, lembrava Berê. "Berê... Por onde andará aquela menina? Será que mudou de vida? Ah, como eu queria ter notícias dela, do paradeiro da minha Berê..." Lembrou-se do beijo dado por ela e sorriu para a moça no seu gracioso equilíbrio. Ela, orgulhosa, nem olhou para ele. Mas que importância tinha isso? Bastava estar ali para ele olhar e se deliciar. Os movimentos das pernas, que se mostravam torneadas, atraíam a sua atenção.

Não sentiu cansaço, nem viu o passar das horas. Quando deu por si, estava em frente ao circo. Ficou

por ali vendo os artistas, o homem de fraque dando ordens de comando, e o palhaço fazendo as últimas arrelias. Mas a imagem que ficou o entristeceu. A moça da bola azul, ao descer, foi amparada pelo jovem domador. Os dois deram-se as mãos, sumindo circo adentro.

"Tá na hora de encontrar o Mário e voltar pra casa!"

O alto-falante tocava uma canção singela.

13

Mário andava desassossegado. Tonico, mesmo envolvido consigo próprio, deu pela mudança de comportamento do colega. Sentia que Mário não mais se interessava pela casa, nem pelos amigos. Deixava suas tarefas de lado, andava agressivo, sonado. Nem se interessou quando Tonico falou sobre o circo, expondo seus planos com relação a ele. Jandira percebia as alterações nas atitudes de Mário e tentou de todas as formas saber os motivos, mas não conseguiu tirar nada dele. Tonico ficou alerta, com vontade de ajudar o amigo, contudo, o que mais lhe preocupava era a vontade de voltar ao circo. No primeiro dia de folga, foi dar uma volta na cidade.

Aproximando-se do circo, o coração disparou num bate que bate sem fim. O garoto andou em volta da lona tentando ver o interior. Ao completar a volta, descobriu uma abertura e entrou, vencendo o medo de ser posto para fora. No circo vazio, Tonico só ouviu o balançar do trapézio. Achegou-se.

Lá em cima, treinando, estava um casal de trapezistas. Tonico não tirou os olhos do alto e, entre um salto e outro, ficou pensando se algum dia poderia voar do trapézio, mergulhando no ar, emocionando-se, encantando. Do meio do picadeiro, um rapaz dava instruções ao casal. Em seguida, subiu para juntar-se aos companheiros. Trio formado, o ensaio continuou.

De tão entretido, Tonico não percebeu que alguém se aproximava.

— Gostou do número no trapézio?

Tonico preparou-se para fugir, mas a voz era tão calma que sentiu vontade de ficar e conversar.

— Gostei e queria aprender a voar, assim como eles...

Nem bem acabou de falar, um dos trapezistas lançou-se no ar, encontrando-se com o outro. No centro, o segundo largou a barra, sendo agarrado pelo parceiro. A manobra, executada com precisão, deu um frio na barriga de Tonico. Ele soltou um ah! O homem ao seu lado sorriu, acostumado que estava àquele salto no ar.

— Vou falar com o trapezista. Quem sabe ele ensina você a saltar.

— Cê tá brincando!

— Brincando seriamente.

— Quem é você?

— Eu sou Gabriel, mas pode me chamar de Picolino. Sou o palhaço do circo.

Tonico espantou-se. Gabriel continuou.

— Muito prazer! — Estendeu a mão.

Tonico apertou a mão de Gabriel. Imaginava que palhaço vivia sempre de cara pintada. Vira isso num filme, e as imagens vinham à sua mente. Falou sobre elas ao palhaço, e os dois se entenderam logo. Foram andando pelas arquibancadas até sair pelos fundos do circo. Tonico não se cansava de perguntar sobre tudo o que via. Gabriel respondia, estimulado pelo interesse do garoto. Passaram pelo estacionamento, onde ônibus e caminhões estavam parados ao lado de muitas barracas, moradia dos artistas. Fizeram a volta pelas jaulas dos animais.

— Você se esqueceu de dizer como se chama.

Tonico estava tão entretido vendo os leões, que respondeu a pergunta somente quando Gabriel falou alto:

— Qual é o teu nome, guri?

— É Antônio, mas pode me chamar de Tonico.

— Onde você mora?

Tonico não respondeu. Enrolou qualquer coisa e resolveu voltar para casa, mesmo sem ter visto a moça da bola azul. Despediu-se apressadamente, deixando Gabriel intrigado. Ao cruzar o portão, ouviu:

— Venha outro dia. Quem sabe tenho uma resposta pra você.

Tonico parou, perguntando de volta:

— Que resposta?

— Sobre você aprender a voar no trapézio.

O diálogo se deu junto ao alambrado que separava o circo da praça, o sonho da realidade. Os dois deram-se adeus. Tonico regressou, achando que a promessa não passava de uma palhaçada.

Vinha pensando nisso quando foi abordado brutalmente. Um cara agarrou-o pelo braço. Assustou-se quando ouviu o conteúdo da conversa e suas ameaças:

— Tu mora na casa dos menores, não é?

Nem esperou a resposta. Com o dedo em riste, falava duro.

— Diz pro tal do Mário que ele tá sujo... Se não comparecer com a grana vai pagar caro. Não estou brincando, moleque. Vê se dá o recado, senão vai sobrar pra você, também. Não quero papo-aranha.

Empurrou Tonico e se afastou.

Encostado no muro, o garoto esperou o susto passar e foi caminhando devagarinho, tentando entender o que acontecia com Mário. Era preciso conversar com ele. Não sabia se conseguiria. Ficou aborrecido. Bateu aquele medo danado que paralisa. Nem a promessa do palhaço Picolino aplacou a raiva que começara a sentir. O que não sabia era se a raiva vinha da abordagem ou se era pelo fato de Mário estar metido numa encrenca da pesada.

Ao entrar em casa, Jandira veio ao seu encontro. Trazia um envelope na mão. Perspicaz como ela só, sentiu que Tonico não estava bem e que tentava disfarçar.

— Estou cansado, Jandira, depois do almoço a gente conversa. O Mário?

— Está no quarto. Amanheceu reclamando de moleza, dor de cabeça... Isaltina fez um chá e ele continua lá em cima.

Tonico pegou o envelope endereçado a ele e subiu correndo para falar com o companheiro. Trancou-se e foi logo abordando o assunto sem rodeios. Contou tudo. Mário gaguejou. Pela reação inicial, Tonico percebeu que ele escondia alguma coisa. Fez promessas, explicou-se; por fim virou-se para a parede.

— Me deixa, Tonico, cuida da tua vida e me larga, cara.

Tonico deu-se conta do buraco que se abria entre ele e Mário. Ficou o incômodo e no fundo a responsabilidade de ajudar o amigo. Deveria contar a Jandira e Nelson? A pergunta rondava sua cabeça, mas o chamado para o almoço tirou o assunto da roda. Esperaria o momento oportuno para abordar a questão.

Tonico sofria vendo o amigo daquele jeito. Tinha suas desconfianças, contudo não podia comprová-las. Mário afastava-se da comunidade. Quando Tonico abordou-o novamente, recebeu uma resposta agressiva: que não se metesse a besta, gritou. Tonico, amedrontado, reprimiu-se, voltando-se para seu mundo, vendo romper-se aquele delicado equilíbrio perseguido por Jandira e por Nelson.

14

Ficou acertado que, se o palhaço conseguisse que ele treinasse no circo, as coisas seriam arranjadas de forma positiva. Foi um custo convencer Jandira. Nelson incentivou Tonico e explicou tudo de forma clara a Jandira, a fim de que ela se tornasse favorável à ideia. Depois de tudo acertado ele pulou de alegria, ainda que estivesse dolorido pelo Mário. Ao deixar a sala, Jandira pediu que ele esperasse.

— Não vai me contar sobre a carta que recebeu?

— Me esqueci.

Puxou do bolso o envelope, já amarrotado, rasgando-o com sofreguidão. Não queria prolongar a curiosidade dela. De dentro, puxou um cartão. Era um convite para uma exposição de fotografias. No verso, estava a sua foto deitado nos braços da mulher de bronze. As lembranças voltaram, quadro a quadro, desenrolando-se em sua mente. As mãos tremeram ao desdobrar o bilhete que acompanhava o cartão. Stela explicava sobre o convite. Contava da insistência do fotógrafo em tê-lo no dia da abertura da exposição. Tonico começou a soluçar. Jandira pegou o cartão, compreendendo tudo. Puxou o garoto para si e deu um forte abraço no corpo que tremia ao balançar dos soluços.

Quando Tonico se acalmou, Jandira perguntou sobre Mário. Ficaram conversando, mas o garoto não disse muito. O medo era grande.

A semana correu atropelando os preparativos para a viagem de Tonico, que iria à exposição de fotos. Escolheu a sua melhor roupa. Pediu para Jandira conferir se tudo que colocara na mochila dava para o fim de semana. Ela, sorrindo, deu-lhe um desodorante, duas cuecas novas e uma carteira:

— É para os documentos e... para o dinheiro.

Entregou-lhe as notas novinhas.

Na manhã seguinte, enquanto Nelson esquentava o carro, Tonico despediu-se dos amigos. Mário continuou dormindo. Quando foi dada a partida é que o amigo apareceu no canto da porta, o rosto inchado, os olhos vermelhos...

Jandira reuniu o grupo em volta da mesa para o café da manhã, servido com generosidade por Isaltina. Mário bocejava. Nervoso, respondia agressivamente às brincadeiras dos companheiros. Quando satisfeitos, encerraram a refeição colocando tudo em ordem. Mário tentou escapulir, mas Jandira, percebendo seu intento, chamou-o. Mário não se abriu. Para encurtar o assunto, prometeu comportar-se. Ao saber que ficaria em casa no fim de semana, sem saída extra, descarregou seu aborrecimento quebrando um lápis sobre a mesa. Ao sair, bateu a porta, deixando Jandira apreensiva.

O dia acolheu-se na noite. Na casa, a sexta-feira prometia um lanche gostoso, jogos, visitas dos amigos e colegas de escola. Assistiram a um filme. Mário, agitado, entrou e saiu do quarto várias vezes. Continuava hostil, respondendo com rispidez qualquer gesto em sua direção. Tenso, queria escapar dali. Jandira cercou-o de atenções, mas nada adiantou. Por fim, trancou-se no quarto.

Às oito da noite, acompanhado por Nelson, Stela e padre Júlio, Tonico chegou ao Museu de Arte Moderna. As luzes da grande sala de exposição eram intensas. A quantidade de pessoas circulando em volta dos painéis fotográficos deixaram o garoto atordoado. Sentindo-se um peixe fora d'água, foi conduzido por Stela, que respondia aos alôs aqui e ali. Padre Júlio foi cercado por alguns senhores. Nelson, ao seu lado, prestava atenção na conversa, palpitando de vez em quando. Não deixava de seguir Tonico.

Com dificuldade, Stela conseguiu furar o bloqueio em volta do fotógrafo. Puxando Tonico pela mão, colocou-o em frente ao homem, alvo das atenções, que conversava com um jornalista, enquanto o câmera registrava tudo. Stela esperou e fez as apresentações. Os dois se olharam. Ficaram em silêncio no meio do burburinho e se entenderam contemplativamente, até que Tonico abraçou Luciano. O fotógrafo passou o braço pelo ombro do menino. Diante deles, o enorme painel que os unira um dia despertava a atenção de todos. Trocaram algumas palavras e Luciano pediu silêncio...

Quando Jandira abriu a porta do quarto, viu que Mário tinha saído pela janela. Sentiu um aperto no coração. Procurou se acalmar, mas ao ver o guarda-roupa revirado soube que o garoto fugira.

Assim que Luciano acabou de apresentar Tonico ao público, contando um pouco sobre a foto e sobre a vida dele, os *flashs* espocaram junto com as palmas. Tonico era o centro das atenções. Apreensivo, procurava os olhos de Stela, de Nelson. De volta, recebia incentivo e a confirmação de que a noite era dele também. Estaria novamente nas páginas dos jornais. Mas não seria um anônimo nos braços de uma estátua. Quem sabe, a mãe deixaria de se ocultar e viria buscá-lo. Sorriu.

O sorriso debochado marcou a cara do homem que apertava Mário pelo colarinho. Desde cedo andava vigiando a casa, na certeza de cruzar com o garoto. Cobraria a dívida de qualquer maneira. E que ele não se metesse a besta. Além de ter fumado todas, Mário estava devendo. Apavorado, sentindo a pressão dos dedos sobre a garganta, o garoto esperneava. A escuridão para onde fora arrastado acobertava tudo.

— Não se mete a besta ou acabo com sua machеza, cara. Tu tá pensando que pode enrolar a gente, hein? Responde! Eu te avisei.

A risada nervosa fez Mário se arrepiar.

— Tava numas de se mandar, não é? Tu vai se mandar, sim, mas é pro inferno, cara.

Apertou mais ainda a mão, cortando a respiração de Mário. Ele foi mergulhando na névoa e tudo ficou distante e lento. As mãos escorreram ao longo do corpo do agressor. Os dedos crisparam-se. Antes de mergulhar por inteiro na escuridão, sentiu uma pontada dolorosa nos pulmões. Alguma coisa rompia-se dentro dele. Não resistiu mais. O silêncio adensou-se e nem os passos do homem se fizeram ouvir.

Nessa noite, Tonico demorou para dormir. Enquanto Nelson ressonava na cama ao lado, ele olhava a cidade grande através da janela. Sentia-se protegido, mas a saudade doía fundo. Inquieto, via a noite de poucas estrelas, embora se sentisse iluminado por elas.

15

A casa conviveu com a tristeza e a alegria. A morte de Mário e o sucesso de Tonico rondaram as conversas por muito tempo. Com o passar dos dias, foram retomando a rotina, certos de que ela não seria mais a mesma. Tonico sofreu muito. Sentiu-se culpado por não ter contado sobre o seu encontro com o possível autor do crime. Misturada com a culpa, vinha uma raiva do Mário. Raiva por ele não ter se aberto, confiado na sua amizade. Mas logo esqueceu a mágoa; ter perdido o companheiro daquela forma tão brutal doía muito. Não fosse o circo, não aguentaria a barra.

Assim que tudo se acalmou, Tonico teve permissão para frequentar o circo. Conciliava a escola com as tarefas da casa, sobrando tempo para se dedicar às artes circenses. Passou a frequentar o Circo Nerino três vezes por semana. O casal de trapezistas se encarregou de ensiná-lo. Cuidavam dele com carinho, transmitindo-lhe tudo o que sabiam. Às vezes, eram muito rígidos, autoritários, bem diferentes de Jandira e Nelson. Quando ficava insuportável, ele desabafava com os dois e procurava compreender os trapezistas. Um dia, Jandira disse a ele:

— Os seus professores no circo só sabem ensinar desse jeito porque aprenderam assim. Reproduzem o que sabem e não questionam nada a respeito do aprendizado.

Para Jandira, era mais um adestramento. Mas se o garoto estava gostando, restava encorajá-lo. Nas conversas com Nelson, Jandira defendia a ideia de que o contato com a arte era um processo de libertação, de desenvolvimento da percepção. Um deslumbrante jogo de descobertas.

Jandira aproveitava a ocasião para tocar num assunto que a preocupava. Gostaria que Tonico não se iludisse, pensando que vida de artista era puro *glamour* como a televisão e as revistas mostravam. Fazer sucesso não era assim tão fácil, como um passe de mágica. O legal era aproveitar o momento e tirar dele o melhor para a vida.

Os dias se enfileiravam. O fim do ano se aproximava. Seis meses se passaram desde a chegada de Tonico no circo. Aprender não era fácil, mas ele não desanimava. Gostava de descobrir novidades. Quando as coisas apertavam, ficavam difíceis, dava vontade de largar tudo e ir embora, mas era passageiro. Logo esquecia as dificuldades, recomeçando seus saltos para lá e para cá, por cima do picadeiro. Em casa, recebia sempre um afago, um beijo, um abraço, um incentivo legal.

Quando podia, ficava no circo para ver o espetáculo. Tonico circulava entre os camarins, vendo os artistas se preparando para entrar no picadeiro. Os artistas falavam sobre suas experiências e sobre a vida no circo. Tonico perguntava e perguntava, querendo compreender mais e mais. Queria saber como era entrar no picadeiro com o circo cheio de gente. A trapezista, sorrindo misteriosamente, dizia:

— Cada um sente de uma maneira, não dá pra explicar. Você vai sentir do seu jeito, Tonico!

O palhaço Picolino, quando passava por Tonico, fazia uma palhaçada e ele rachava de rir. O som da gargalhada ecoava por todos os lados. Era como se fosse um ensaio. Picolino seguia satisfeito, pronto para fazer rir gente grande e gente pequena nas arquibancadas. Gostava de ter Tonico por perto. Ele o fazia recordar as chances que tivera na vida. Agora, podia fazer parte das chances do menino.

Em casa, tinha de contar e recontar sobre o circo para os companheiros de moradia. Na escola, nem todos estavam preocupados com o fato de ele estar aprendendo trapézio. Tonico ressentia-se, mas, com a certeza do que queria e o apoio de muitos, seguia

em frente. Quando andava pelo circo, entretinha-se com tudo, alegrando-se ao ver os elefantes, os leões e os macacos. A tristeza e os ressentimentos se perdiam entre os urros e os seus espantos.

Finalmente chegou o dia da estreia.

Na semana anterior, ficou impossível. Não dormia direito. Ansioso, descarregava seus medos em tudo e todos. Nas conversas com Nelson, procurava conter a ansiedade. Falava pelos cotovelos. Na escola, sofreu uma baixa nos rendimentos. A professora reclamou. Que ele não comprometesse a passagem para o sexto ano. Para ela, o circo era uma coisa passageira. Para ele, nem tanto... E o garoto divagava, projetando o futuro.

Tonico passou o dia indo e vindo. Em casa, ninguém mais aguentava e ele foi para o circo bem antes da hora. Lá, não se acalmou. Continuou indo e vindo, do picadeiro para o camarim, olhando o circo vazio, a imensidão da lona, imaginando-o cheio, muitos olhos olhando para ele, uma só respiração quando saltasse do trapézio. Seus amigos estariam torcendo por ele e isso era bom. Lembrou-se de Mário, fez uma oração. Sentiu um frio na barriga; como não passava, correu para junto de Zelito, o trapezista, que zombou dele. Encabulou-se. A trapezista, Adalgisa, que terminava de bordar pequenas estrelas prateadas na malha azul que ele vestiria, pediu ao marido para respeitar a ansiedade do garoto.

A noite chegou, o circo iluminou-se. A pipoca pulou, o leão urrou, a correria começou. Artistas e público, cada um no seu lugar, cumpriam o ritual mágico de esperar pelo espetáculo. Tonico vestiu sua roupa azul, calçou as sapatilhas, passou gel nos cabelos e preparou-se para entrar no picadeiro. Recebeu as últimas instruções e muitos abraços. Pelo buraco da cortina, viu todos os amigos da casa e, para sua surpresa, no meio deles, Stela e Luciano. O fotógrafo, de máquina em punho, ajustava as lentes sem deixar de piscar para a moça. O coração de Tonico disparou. "E Berê, por onde andará?"

O rufar dos tambores cortou o ar e os pensamentos. Depois, no silêncio que se seguiu, uma voz se fez ouvir.

— Respeitável público, boa-noite! Temos a honra de trazer para este picadeiro o elenco de astros e estrelas do Grande Circo Nerino!

Assim que o mestre de cerimônias terminou sua fala, a orquestra atacou um dobrado e a companhia entrou no picadeiro. À frente dos trapezistas com capas prateadas, ia Tonico. Deram a volta acenando para o público, que retribuía com muitas palmas e gritos. Assobios cortavam o espaço. As atenções estavam voltadas para os artistas. “Agora é só esperar a minha vez!”, pensou Tonico, ao completar a volta no picadeiro e sumir atrás da cortina vermelha. Seu coração turbilhonava.

16

— Senhoras e senhores!

Os tambores rufaram. O mestre de cerimônias, com a experiência que tinha em anunciar as atrações, preparava o público para a próxima. O espetáculo

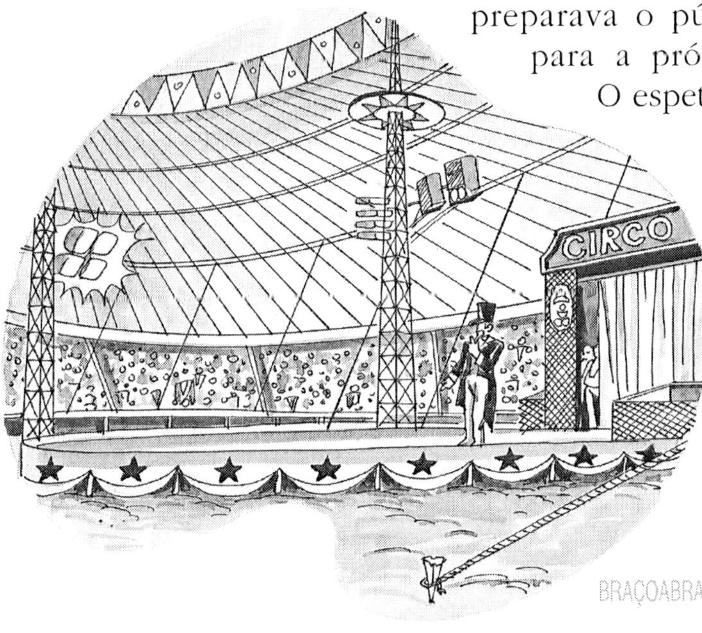

estava chegando ao final. Faltava apenas a apresentação no trapézio! A luz, a voz do apresentador preparavam aquele momento tão esperado. Exercitando seus dotes, o mestre de cerimônias hipnotizou todos:

— Tenho a honra de trazer até vocês os sensacionais, maravilhosos e corajosos trapezistas do Grande Circo Nerino! Com vocês, o Trio Luar Prateado e o trapezista mirim...

As caixas repicaram, os tambores rufaram.

— Para embelezar esta noite, temos a satisfação e o orgulho de apresentar o mais novo integrante da trupe, Antônio Viana, que se preparou para estrear no Grande Circo Nerino!

Aplausos. Tonico deu um passo à frente. Mais aplausos. Os amigos davam vivas incentivando o garoto. A orquestra, num fio de voz, tocou uma valsa, um acalanto para embalar Tonico no seu sonho de voar.

Os trapezistas tomaram seus postos, subindo através das cordas para alcançar as alturas. Braço a braço, Tonico foi conquistando o espaço para se colocar no alto. Lá chegando, esperou a vez de saltar.

E foi assim que tudo se deu. Do alto do trapézio, Tonico viu as luzes piscando como estrelas. Viu a lua enfiando sua cara redonda por entre os buracos da lona. Viu os rostos, todos eles em sua direção. Preparou-se. Quando Zelito deu o grito de comando, ele saltou de um trapézio para o outro. Deu milimetrada cambalhota no ar. No silêncio que se fez, podia-se ouvir o ranger das amarras do circo. Como nos ensaios, foi amparado pelas mãos fortes do trapezista, completando o seu voo inaugural naquela noite tão bonita. As palmas irromperam, espraiando-se pelo circo afora. A apresentação terminou num átimo, mas aquele instante perduraria na vida do garoto.

Luciano não perdeu sequer um movimento. Com lentes possantes registrou cada detalhe, captando toda a emoção, toda mestria dos saltos. Documentava aquele instante com paixão arrebatadora, exercendo o seu ofício com prazer. Nelson, de mãos dadas com Jandira, não escondia o orgulho. Em torno dele, os garotos riam felizes pelo feito do amigo. Stela, superemocionada, não continha as lágrimas.

Dando a volta pelo picadeiro, os trapezistas recebiam os aplausos calorosos. Tonico agradecia as manifestações e quando estava para completar a volta, a equilibrista e seu namorado entregaram-lhe flores. Por fim, todos se retiraram ao som da orquestra encerrando o espetáculo. O público extasiado deixava o local. As luzes começaram a ser apagadas, e o circo foi mergulhando na penumbra. Lá fora, um realejo tocava dolentemente, e a fumaça das churrasqueiras que se apagavam criavam uma atmosfera de sonho. Parecia que o circo pairava no ar. As luzes que restavam em torno dele desfocavam-se, mas continuavam a brilhar como estrelas longínquas.

Nos fundos do circo o barulho era de festa. Os amigos se reuniram aos artistas e um bolo feito por Isaltina foi servido. Adalgisa e Zelito puxaram Tonico para um canto e perguntaram numa só voz, atrapalhando-se e deixando o garoto numa grande expectativa. Finalmente Adalgisa falou:

— Você quer ser nosso filho, Tonico?

O garoto tonteou. Não sabia o que dizer. Apesar de abandonado, tinha uma mãe, só não sabia por onde andava. Os olhos arregalados, a língua presa, ele tentava colocar em ordem suas ideias. Terminou respondendo:

— Querer eu quero, mas preciso pensar. Tenho que falar com a Jandira, o...

— Não tem pressa, mesmo que você não se torne nosso filho é como se fosse! — falou Zelito.

Os três, de mãos dadas, saíram andando por entre as barracas, e carros, e *trailers*, e jaulas, atropelando Picolino, que corria para tirar a maquilagem. Quem via os três, assim tão contentes, ficava até com vontade de dançar.

Ao som de um acordeão, os pares dançaram.

Tonico bateu de leve na porta do *trailer*. Como ninguém respondia, entrou. Diante de um espelho, Picolino limpava o rosto. Voltava a ser Gabriel. Os dois se abraçaram. Tonico agradeceu o incentivo que ele lhe dera na empreitada. Percebeu que Gabriel estava triste. "Logo hoje!" Ao perguntar sobre a tristeza, ouviu qualquer desculpa e saiu para encontrar-se com a turma.

Gabriel, ao se ver só, deu curso às suas reminiscências de menino de rua recolhido no Instituto para crianças, que um dia sonhou em ser um artista famoso e rico... Terminou de limpar o resto de tinta que insistia em alegrar-lhe a expressão. Era apenas mais um palhaço... Arrependeu-se de não ter contado isso a Tonico, alertando-o sobre as falsas ilusões a respeito de subir na vida a qualquer preço.

Quando a casa se acalmou e Tonico pousou a cabeça sobre o travesseiro, soube que dali para frente sua vida seguiria um caminho diferente. Não sabia ao certo como este caminho seria construído, nem para onde o levaria. Nem se preocupava com o fato de que um dia o circo partiria. Mas acreditando na possibilidade de ir em frente, adormeceu. No sonho, viu-se nos braços daquela mulher de bronze que lhe oferecia o regaço e o nutria de energia. Ao olhar para o rosto dela, reconheceu nele outros rostos se sobrepondo. Em torno do seu corpo, outros braços o abraçavam.

PAULO SADAO

*E*screver *Braçoabraço* foi a maneira que encontrei para fechar um círculo em torno do meu trabalho com crianças e jovens moradores da periferia de São Paulo.

Durante quatro anos fui coordenador do programa Clube da Turma da ex-Secretaria do Menor. Por meio desse programa, aproximei-me de muitas crianças e jovens, de suas histórias, seus caminhos e descaminhos. Esse contato serviu para me mostrar quão injusta é a nossa estrutura social, que permite a marginalização de grande parte da infância do país. Se, por um lado, vi este quadro aterrador, por outro, percebi a imensa possibilidade de desenvolvimento dessas crianças e desses jovens, ao construírem seu caminho pelo contato iluminador com a educação e a arte.

Tonico é fruto da realidade de muitos brasileiros, vista com os olhos de quem acredita que nem tudo está perdido, mesmo sabendo que as circunstâncias são de amargar.

COLEÇÃO JABUTI

4 Ases & 1 Curinga
Adeus, escola ▼◆🗐☒
Adivinhador, O
Amazônia
Anjos do mar
Aprendendo a viver ◆⌘■
Aqui dentro há um longe imenso
Artista na ponte num dia de chuva e neblina, O ✻★⌖
Aventura na França
Awankana ✎☆⌖
Baleias não dizem adeus ✻🕮⌖○
Bilhetinhos ✪
Blog da Marina, O ⌖✎
Boa de garfo e outros contos ◆✎⌘⌖
Bonequeiro de sucata, O
Borboletas na chuva
Botão grená, O ▼✎
Braçoabraço ▼⚐
Caderno de segredos ❏◎✎🕮⌖○
Carrego no peito
Carta do pirata francês, A ✎
Casa de Hans Kunst, A
Cavaleiro das palavras, O ★
Cérbero, o navio do inferno 🕮☑⌖
Charadas para qualquer Sherlock
Chico, Edu e o nono ano
Clube dos Leitores de Histórias Tristes ✎
Com o coração do outro lado do mundo ■
Conquista da vida, A
Contos caipiras
Da costa do ouro ▲⌖○
Da matéria dos sonhos 🕮☑⌖
De Paris, com amor ❏◎★🕮⌘☒⌖
De sonhar também se vive...
Debaixo da ingazeira da praça
Delicadezas do espanto ✪
Desafio nas missões
Desafios do rebelde, Os
Desprezados F. C.
Deusa da minha rua, A 🕮⌖○
Devezenquandário de Leila Rosa Canguçu ✈
Dúvidas, segredos e descobertas
É tudo mentira
Enigma dos chimpanzés, O
Enquanto meu amor não vem ●✎⌖
Escandaloso teatro das virtudes, O ✈☺
Espelho maldito ▼✎⌘
Estava nascendo o dia em que conheceriam o mar
Estranho doutor Pimenta, O
Face oculta, A
Fantasmas ⌖
Fantasmas da rua do Canto, Os ✎
Firme como boia ▼⌖○
Florestania ✎
Furo de reportagem ❏✪◎🕮⚐⌖
Futuro feito à mão
Goleiro Leleta, O ▲
Guerra das sabidas contra os atletas vagais, A ✎
Hipergame ✍🕮⌖
História de Lalo, A ⌘
Histórias do mundo que se foi ▲✎✪
Homem que não teimava, O ◎❏✪⚐○
Ilhados
Ingênuo? Nem tanto...
Jeitão da turma, O ✎○
Lelé da Cuca, detetive especial ☑✪
Leo na corda bamba
Lia e o sétimo ano ✎■
Liberdade virtual ✎
Lobo, lobão, lobisomem
Luana Carranca
Machado e Juca †▼●☞☑⌖
Mágica para cegos
Mariana e o lobo Mall 🕮⌖
Márika e o oitavo ano ■
Marília, mar e ilha 🗐✍✎
Mataram nosso zagueiro
Matéria de delicadeza ✎☞⌖
Melhores dias virão
Memórias mal-assombradas de um fantasma canhoto
Menino e o mar, O ✎
Miguel e o sexto ano ✎
Minha querida filhinha
Miopia e outros contos insólitos
Mistério de Ícaro, O ✪⚐
Mistério mora ao lado, O ▼✪
Mochila, A
Motorista que contava assustadoras histórias de amor, O ▼● 🗐⌖
Muito além da imaginação
Na mesma sintonia ⌖■
Na trilha do mamute ■✎☞⌖
Não se esqueçam da rosa ♠⌖
Nos passos da dança
Oh, Coração!
Passado nas mãos de Sandra, O ▼◎⌖○
Perseguição
Porta a porta ■🗐❏◎✎⌘⌖
Porta do meu coração, A ◆⚐
Primavera pop! ✪🕮⚐
Primeiro amor
Que tal passar um ano num país estrangeiro?
Quero ser belo ☑
Redes solidárias ◎▲❏✎⚐⌖
Reportagem mortal
Riso da morte, O
romeu@julieta.com.br ❏🗐⌘⌖
Rua 46 †❏◎⌘⌖
Sabor de vitória 🗐⌖○
Saci à solta
Sardenta ☞🕮☑⌖
Savanas
Segredo de Estado ■☛
Sendo o que se é
Sete casos do detetive Xulé ■
Só entre nós – Abelardo e Heloísa 🗐■
Só não venha de calça branca
Sofia e outros contos ☺
Sol é testemunha, O
Sorveteria, A
Surpresas da vida
Táli ☺
Tanto faz
Tenemit, a flor de lótus
Tigre na caverna, O
Triângulo de fogo
Última flor de abril, A
Um anarquista no sótão
Um balão caindo perto de nós
Um dia de matar! ●
Um e-mail em vermelho
Um sopro de esperança
Um trem para outro (?) mundo ✖
Uma janela para o crime
Uma trama perfeita
Vampíria
Vera Lúcia, verdade e luz ❏◆◎⌖
Vida no escuro, A
Viva a poesia viva ●❏◎✎🕮⌖○
Viver melhor ❏◎⌖
Vô, cadê você?
Yakima, o menino-onça ☝✍○
Zero a zero

★ Prêmio Altamente Recomendável da FNLIJ
☆ Prêmio Jabuti
✻ Prêmio "João-de-Barro" (MG)
▲ Prêmio Adolfo Aizen - UBE
✍ Premiado na Bienal Nestlé de Literatura Brasileira
☛ Premiado na França e na Espanha
☺ Finalista do Prêmio Jabuti
☝ Recomendado pela FNLIJ
✖ Fundo Municipal de Educação - Petrópolis/RJ
✪ Fundação Luís Eduardo Magalhães
● CONAE-SP
⌖ Salão Capixaba-ES
▼ Secretaria Municipal de Educação (RJ)
■ Departamento de Bibliotecas Infantojuvenis da Secretaria Municipal da Cultura/SP
◆ Programa Uma Biblioteca em cada Município
❏ Programa Cantinho de Leitura (GO)
♠ Secretaria de Educação de MG/EJA - Ensino Fundamental
☞ Acervo Básico da FNLIJ
✈ Selecionado pela FNLIJ para a Feira de Bolonha
✎ Programa Nacional do Livro Didático
🕮 Programa Bibliotecas Escolares (MG)
✍ Programa Nacional de Salas de Leitura
🗐 Programa Cantinho de Leitura (MG)
◎ Programa de Bibliotecas das Escolas Estaduais (GO)
† Programa Biblioteca do Ensino Médio (PR)
⌘ Secretaria Municipal de Educação/SP
☒ Programa "Fome de Saber", da Faap (SP)
⚐ Secretaria de Educação e Cultura da Bahia
○ Secretaria de Educação e Cultura de Vitória